賽德克：莫那·魯道

賽德克．莫那．魯道

故事◎蔡明原
繪者◎金姵池

推薦序

看到這本書的完成，心中不免有些激動！用心規劃製作的專欄，獲得出版社的賞識並得以集結成書，作為專欄的催生者，「與有榮焉」應該是我最想說的一句話吧！

其實，《莫那魯道傳奇》是整個《國語日報》漫畫版原住民連載系列中的一個單元，當初與明原討論企劃的時候，就思考該用什麼樣的方式去呈現這段歷史比較好。大家都知道，莫那．魯道是日治時期的抗日英雄，如果只有片面的呈現抗日戰爭的悲壯，似乎過於簡化日治時期日本政府與原住民之間的關係。而且在《國語日報》這種以親子為對象的版面，也不適合出現血腥的畫面，因此處理戰爭的場面就會是個挑戰。姵池在畫面處理上，用了比較意象的方式，淡化了戰爭場面，卻也留給讀者不少想像空間。

另外，日本政府對於原住民的管理，除了高壓，其實還有不少懷柔的政策。為了盡量忠實傳遞，故事中穿插了日本人刻意栽培的原住民菁英——花岡一郎的事蹟。雖然優秀的花岡一郎，最後悲壯的告別人生，卻可以看出日治政府與原住民間的愛恨情仇，相信看過的小朋友，雖然不一定了解其中的奧妙，但那種衝突與矛盾的情結，應該可以透過漫畫的描述，多少了解一些吧！

這個故事我們連載了三十回，期間陸陸續續接到不少小朋友的回應，多數都被故事情節吸引。一些老師也認為，這個故事所以能夠吸引小朋友的目光，最重要的是，這個故事真實的發生在臺灣這塊土地上，跟他們生長的地方有著密切的關聯性。

大人常常用自己的想法看小朋友，卻往往低估了他們其實比我們想像來得成熟懂事！所以，在替孩子規劃書籍的時候，請別小看他們分辨的能力呵！

最後，恭喜明原與姵池共同創作了這本書。還要感謝聯經獨具慧眼的看上這篇連載漫畫，讓身為幕後推手的我，共享成書的榮耀。

《國語日報》漫畫版主編　黃正勇

人物介紹

老師

花岡一郎

賽德克族德奇塔雅群（霧社群）荷哥社人，曾經擔任巡查與蕃童教育所的教師。

學生

賽德克族人

莫那・魯道

賽德克族德奇塔雅群（霧社群）馬赫坡社的頭目，霧社事件的領導人。

日本警察

目次

賽德克：莫那·魯道

叮噹、叮噹。

上課鈴聲響起，同學們紛紛走進教室，大家還意猶未盡的聊著剛剛未完的話題。

教室突然安靜下來，老師手上拿著一本紅色書皮的書走到講臺上。

「各位同學，今年九月有一部國片要上映，大家知道是哪一部嗎？」老師笑著看看臺下的同學。

「我知道！是《賽德克・巴萊》！」阿緯高舉著手回答。

「喔，你是怎麼知道的？」老師有點意外。

「因為我有加入臉書的粉絲團啊！還有按讚喔！」阿緯一臉神氣。

「原來如此。」老師會心的微笑。

「《賽德克・巴萊》這部電影，主要是描述日本殖民時期發生的霧社事件。這禮拜要讀詩人向陽的作品，剛好他有一首詩就叫作〈霧社〉。所以，我們先來介紹這首詩吧！」

〈霧社〉的內容敘述一九三〇年原住民抗日活動，史稱「霧社事件」的始末。
《霧社》
子・傳
丑・英
寅・花崗獨日
卯・末日的盟歃
辰・運動會前後
巳・悲歌・慢板
也描述了霧社事件領導人莫那・魯道的事蹟。

子・傳
丑・英
寅・花
卯・末
辰・運
巳・悲
全詩共分為六個章節。

今天要帶大家讀這首詩。
第一段，
就是一個泰雅族的傳說故事。
什麼故事？老師快說！
說到故事，大家又有活力了，不過
有沒有同學願意先跟大家分享這首詩第一段的意思呢？

老師，
我來！
很好。
傳說渾濛初開，所謂黑夜是沒有的／所謂陰暗疑懼
即使夢也是看不到的
意思就是說，在很久以前，世界上是沒有夜晚的……
太陽這麼強，
大地都沒辦法休息。
作物歉收，大家得餓肚子了。
這樣下去不行啊！
是啊，得想個辦法才行。

兩個太陽輪流起落，
已經嚴重影響我們的生活了！
一定要想辦法解決！
……
長老，您覺得呢？
唯一的辦法，
就是把其中一個太陽射下來。
這樣我們的族人才能有正常的生活。
把太陽射下來？
做這件事情需要很大的勇氣。
一定要有犧牲的覺悟。

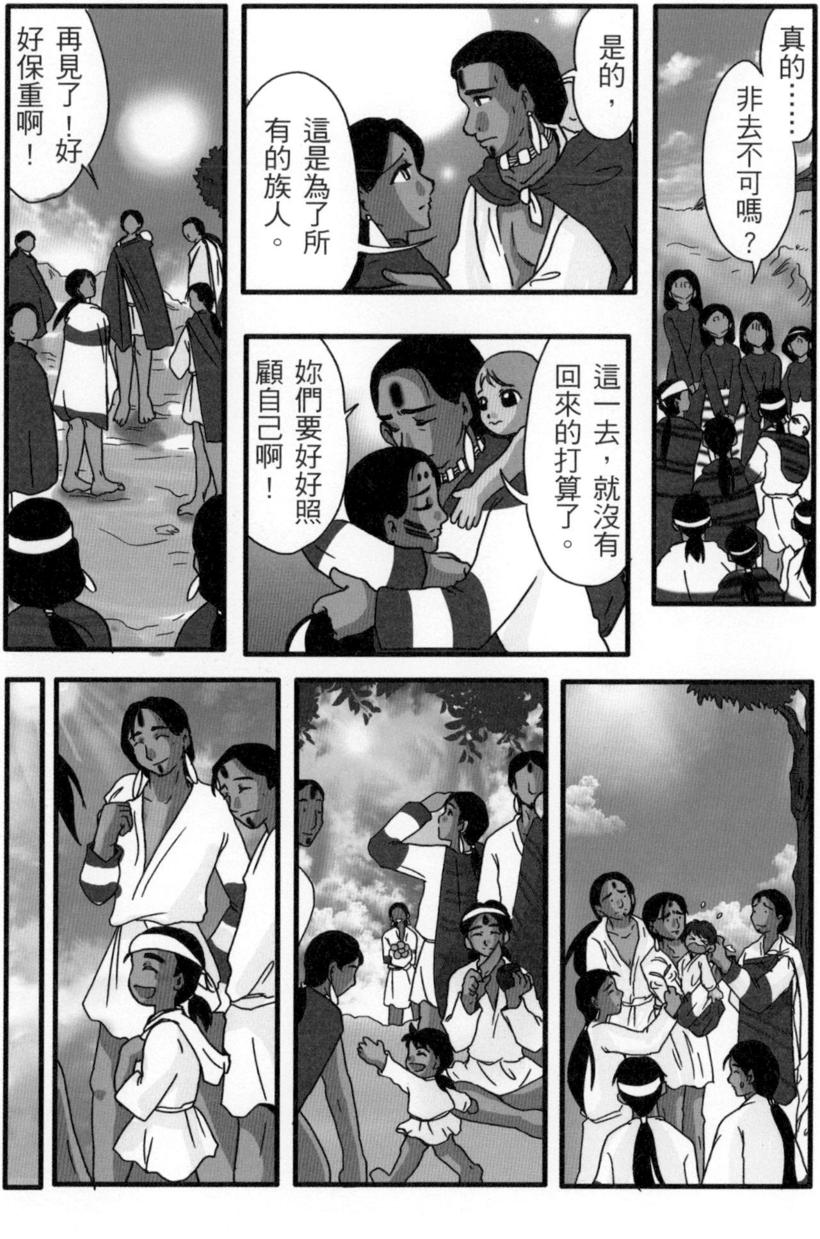
真的……非去不可嗎？
是的，
這是為了所有的族人。
這一去，就沒有回來的打算了。
妳們要好好照顧自己啊！
再見了！好好保重啊！

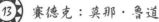

族人們選出了好幾位勇士，擔當去射下其中一顆太陽的重責大任。於是，勇士們帶著乾糧、用品及橘子的種子，背著嬰兒，離開了故鄉。

一行人不畏千辛萬苦的前進，原本還在襁褓中的嬰兒轉眼間變成會走會跳的孩子。孩子的童言童語讓大家在路途中有了歡笑，忘了永別家鄉、親人的苦楚。

天氣酷熱、路途艱困，勇士們不忘沿路撒下橘子的種子，希望有一天在回故鄉的途中，這些果樹能讓他們不會挨餓。

日復一日，年復一年，孩子們逐漸長大成青年，而當年的勇士們也從壯年走到中年，如今也來到白髮蒼蒼的年紀了。

終於，他們到達太陽升起之處……

父親，
喝水吧！
孩子，謝謝！
終於，
到了這一天啊！
是啊，
射下太陽後，就可以和先走的同伴相聚了。
對不起，
我沒辦法陪你回去了。
爸……
您這一路上辛苦了……

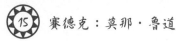

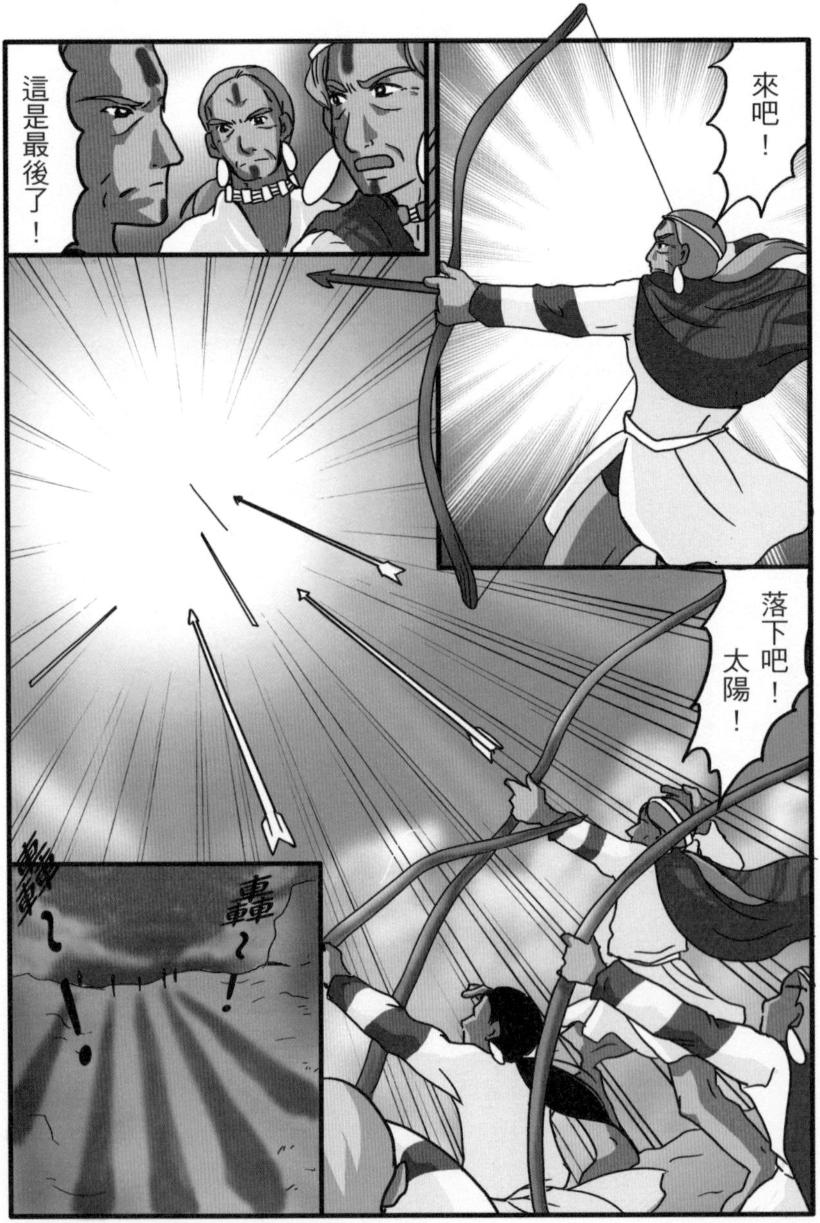
來吧！
這是最後了！
落下吧！太陽！
轟～！
轟～！

被射中的那一顆太陽，後來變成了月亮，世界不再擁有那麼多的光和熱，大地總算有了白天和黑夜，人們可以在晚上安心入眠，也不用擔心稻穀和作物會被曬到枯萎。

勇士們完成了任務，啟程回鄉，原本年長的族人有的老去，有的病死，最後回家的途中只剩少年一人。

少年沿路摘取果子充當食物，跟著挺拔的果樹一路走下去，終於回到了溫暖的故鄉。

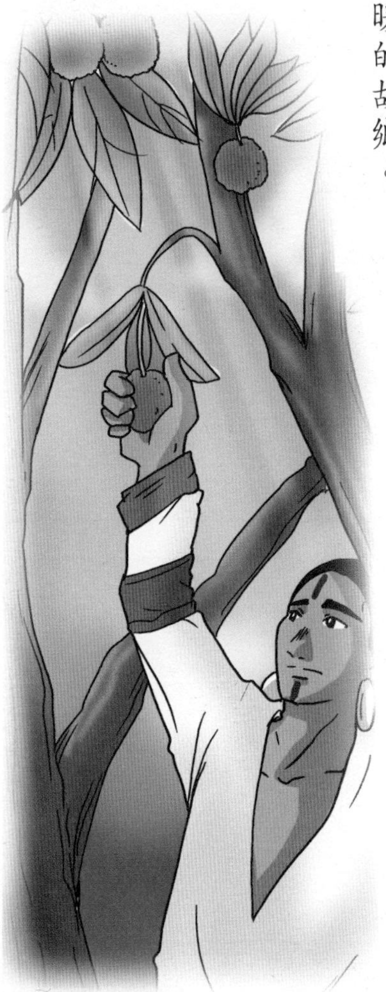

沒錯，
這段詩就是這個意思。
謝謝老師！
老師，我有問題。
老師剛剛說電影《賽德克·巴萊》
是講霧社事件的故事吧？
那麼，
賽德克·巴萊又是什麼意思呢？
「賽德克」代表的是人，
「巴萊」是真正的、堂堂正正的意思，所以這五個字說的就是「真正的人」、「堂堂正正的人」。

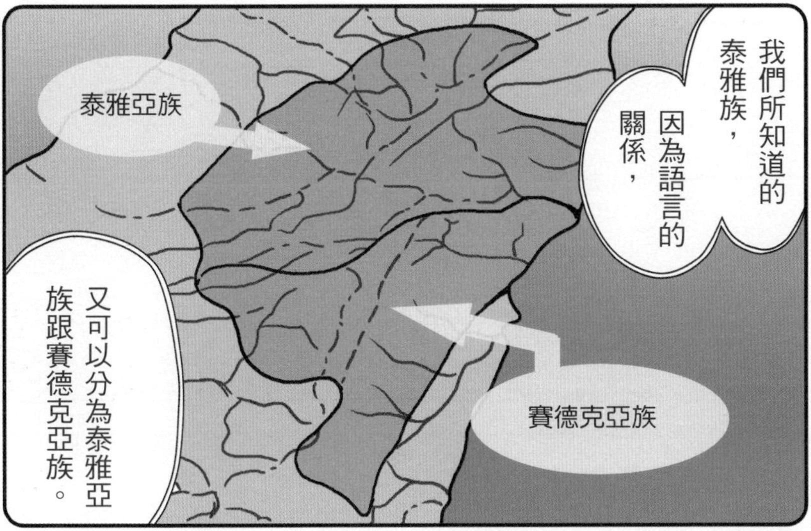
我們所知道的泰雅族，因為語言的關係，
泰雅亞族
賽德克亞族
又可以分為泰雅亞族跟賽德克亞族。

「霧社事件的領導人莫那·魯道出生的時候，日本政府還沒統治臺灣。小時候的他是一個很機伶的孩子，學習能力很強，許多在山林裡生存的技巧，像是打獵等都難不倒他。

長大之後，莫那從父親手中接下了馬赫坡社頭目的位子，憑著強壯的體格和過人的膽識，受到族人們的愛戴。也因為他的強悍，日本政府一直把他視為眼中釘，時時刻刻都注意著他的一舉一動。」

所以代表莫那・魯道是賽德克族人囉！
賽德克
對！
賽德克族在二〇〇八年正名，成為臺灣原住民族群的第十四族。
霧社事件發生在一九三〇年，
也就是日本統治臺灣的時期。
老師，賽德克族和日本人之間，
到底發生了什麼事？
其實，
這就是這首詩的重點了，
你們了解當時的歷史背景，
就會知道為什麼會發生霧社事件了。

清廷在一八九五年簽訂了馬關條約，
將臺灣割讓給日本之後，
日本就發現這塊土地上有著豐富的天然資源。
因此，日本以各種方式展開掠奪。
不過日本人清楚，占領臺灣
就必定得先馴服「生蕃」，也就是原住民。

「日本殖民時期，統治臺灣的最高領導人稱作『總督』，不是總統。第一任的臺灣總督叫作樺山資紀，當時他說過這樣一句話：『若欲拓殖本島，必先馴服生蕃。』」

「老師剛剛有提到，臺灣有豐富的天然資源，如：樟樹。樟樹是製作樟腦的原料，擁有很高的經濟價值。但是樟樹分布於山林之中，是原住民的生活範圍。如果隨便進入深山內砍伐樟樹，就可能會和原住民產生衝突。所以樺山資紀這句話的意思是說，要從臺灣獲取天然資源，最重要的工作就是先管理好原住民。」

日本人以各種規定去規範原住民的生活。
……
要聽話。
對原住民來說，是很難適應的事情。
雙方文化差異極大，
而且一方強制另一方服從。
必然會發生衝突。

「一八九七年，日本曾經派遣由軍人組成的探險隊入山調查鐵道、道路等路線狀況。這是為什麼呢？因為事先把臺灣的地理位置調查清楚，日本人就可以開拓道路和闢建鐵路，交通一旦便利了，日本統治臺灣就會更順利。這支身負探查重任的隊伍後來音訊全無，日本政府認為是遭到了原住民的殺害。之後，陸續發生過日本人和原住民嚴重的衝突，雙方都有嚴重的傷亡。」同學都睜大眼睛專心聽著。

所以當這支探險隊
被發現命喪深山的時候，
都讓日本人心生警戒。
從此，日本人對原住民管理非常嚴厲，
嚴格掌控生活必需品。
鹽……
物資……
鹽、武器、原料更是嚴格禁止。

此外，日本政府也下令要求原住民
不准出草、紋面。
除了宣示，
若社中有
面部刺墨者，即認定其進
行馘首行為，我等將據
實申告，或遭
處置
還要按壓指印。
出草跟紋面都被禁止了，
我們長久以來流傳的習俗、傳統會漸漸的流失啊！
是啊……
所以，
詩上寫著，
天上的太陽無道，猶可誅之／
何況地下一切殘暴的鷹犬

就是說明了，日本政府對原住民的不合理對待。
好，我們看一下詩句是怎麼說的：當知我曾遠赴東京……奈良的莊嚴和香火鼎盛，還有／名古屋伊勢灣和熱海溫泉等等
老師，詩裡有說
莫那・魯道去日本玩？
東京迪士尼嗎？
還是宮崎駿博物館？
你們覺得，
日本人請莫那・魯道去日本，
真的是去玩的嗎？

日本政府請原住民去日本，
除了參觀名勝，
主要是帶原住民頭目們，
參觀日本的兵工廠與軍事設施。

為什麼要大老遠，
把原住民帶到日本呢？
應該……
不是去玩的吧？
目的是要讓原住民頭目們知道，
日本是個文明、武力強大的國家，
再多的抵抗都是沒有用的。
不過，
原住民就這麼屈服了嗎？
看看這首詩
莫那・魯道是怎麼想的呢？

啊哈悲酸。你披赫沙坡，得先安靜
我不在意他們選擇我做馴順的狗
乾一杯！我豈會在意
離開雞籠碼頭時，長天碧海
我已想定，為霧社忍耐
忍耐不是懦弱，暫時妥協罷了
凡事謹慎，未嘗我們不可選擇
他們，日本花木扶疏
霧社的一草一樹，一砂一石
尤其有待我們用心。蛙丹樸夏窩

你剛剛氣憤著杉浦巡查，他
給了你兩個耳光嗎？呵兩個耳光
如果霧社無法站起來，以後
我們的子孫要失去兩顆眼睛
站起來，只有先吞忍紮根
站起來，必須在樊籠中偷偷壯大
我們的枝葉。你們都知道檜木
如何生長而後不畏雨打雷劈
小草如何衝破地表，始得長青
我們要自忍辱裡還給天地無畏的笑容

太可惡了，
剛剛日本人打了我一巴掌！
難道我們只能忍氣吞聲嗎？
莫那！
你都不生氣嗎？
去了一趟日本，
就把你的志氣消磨掉了嗎？
……
忍耐只是暫時的，
雖然我見識過
他們強大的力量。
但是在這片土地上
我們絕不受人欺負！

有一天，
我會帶領你們反抗！
莫那・魯道怎麼反抗？老師你快說啊！
別急，先看看這段詩，
大家還有沒有什麼問題呢？
老師，
這首詩有提到「和蕃」，
是什麼意思呢？

講到和蕃政策之前，老師先說明一下「理蕃計畫」是什麼。
「理蕃計畫」，顧名思義就是一套治理臺灣原住民的辦法。
例如：原住民的耕種方式，
焚墾
撒種
收成
原本是游耕的方式。
而日本政府強制改成定耕。
引水整地
曬穀
入穀倉儲存
使得原住民們非常不適應。

本來原住民可以擁有打獵用的槍枝，
但日本政府將槍枝沒收，
還制訂了借貸方法。
因此，
原住民的不滿也就越來越深。

「這個計畫一開始採取比較平和的方式，一方面用教育、經濟的手段讓原住民順從，比如說，用交換的方式讓原住民拿到鹽等日常生活用品；另一方面，卻不斷巧取豪奪原住民的土地。不過從結果來看，『理蕃計畫』並不是非常成功。因為原住民察覺到日本人的意圖之後，開始反抗。於是，日本人後來就用強大的軍事武力去鎮壓原住民。」

「好啦，小米剛剛問詩作中寫到的『和蕃政策』是什麼意思，有同學想要試著回答看看嗎？」老師看著講臺下的同學。

「跟原住民和平相處嗎？」阿炮搔著頭，小聲的說出他的答案。

「意思很接近了，老師幫你補充得更完整些。」老師走到阿炮身邊摸摸他的頭。

「對原住民來說，日本人來到臺灣，就像陌生人踏入自己的家一樣，當然要把他趕出去。但是，如果陌生人和自己有了親戚關係，他就不再是陌生人了。所以有很多日本警察娶原住民女子當妻子，而且對象以部落頭目的女兒為主。這樣不僅可以鞏固他們在原住民社會的地位，也能藉此收集、了解更多關於原住民的資訊和消息。」

為了更穩定對原住民的統治權。
日本政府鼓勵日本人娶原住民為妻，這就是所謂的「和蕃」。
莫那·魯道的妹妹狄娃斯，
就是嫁給日本警察近藤儀三郎。
不過這位警察在轉調到花蓮的途中，
竟然失蹤了。
狄娃斯獨自回到部落。

然而，許多的日子過去了，日本政府卻對狄娃斯不聞不問……

莫那・魯道看著妹妹鬱鬱寡歡，生活沒有依靠，為妹妹的遭遇感到憤怒且不值得。日本人對狄娃斯・魯道並沒有多加慰問，也沒有負起照應她接下來生活的責任。其實不只是莫那・魯道的妹妹，許多部落女性和日本人的婚姻最後也都不能幸福美滿。對賽德克族人來說，婚姻是人生中重要且神聖的大事，因此不幸的婚姻對部落的女性造成非常大的傷害。

詩裡還提到了花岡一郎。
花崗
他是賽德克族人，也是一位
接受日本教化政策的原住民。
那個孩子個性很溫馴。
我看，
就選他吧？

原名拉奇斯・諾敏的花岡一郎，
就這樣進了以日本孩童為主的小學校。

「花岡一郎所讀的『小學校』和其他原住民不同，是日本兒童才能就讀的小學。大家知道為什麼日本人要特別選擇花岡一郎到只有日本人才能就讀的小學校念書呢？」老師看著同學們。

「因為他是資優生加模範生！」阿炮搶著大聲回答。

「沒錯，他在課業各方面的表現的確很優秀，阿炮也要向他看齊啊！」老師說完，班上同學聽了都哈哈大笑。

這段課文誰會念？
老師，
我會！
各就各位！
跑！

真是個優秀又努力的孩子啊！
看來當初沒挑錯人呢！

恭喜你畢業！
你在學校的表現非常好！
去了師範學校，也要好好努力喔！
是！
花岡一郎畢業後，進了臺中師範學校。

無論讀書、
你的日文講得很好！
謝謝老師！
劍道、
或柔道，
你好厲害啊！
謝謝！
花岡一郎都非常傑出。

她是川野花子，
是部落頭目的親戚。
學歷也很好。
她和你很匹配。
你們就結為夫妻吧！
是！
謝謝！

之後，花岡一郎跟川野花子
在神社舉行婚禮。
婚禮是日式的。
許多族人與日本人都來參加了。
花岡！
是！
結婚之後，
也要好好加油啊！
是！

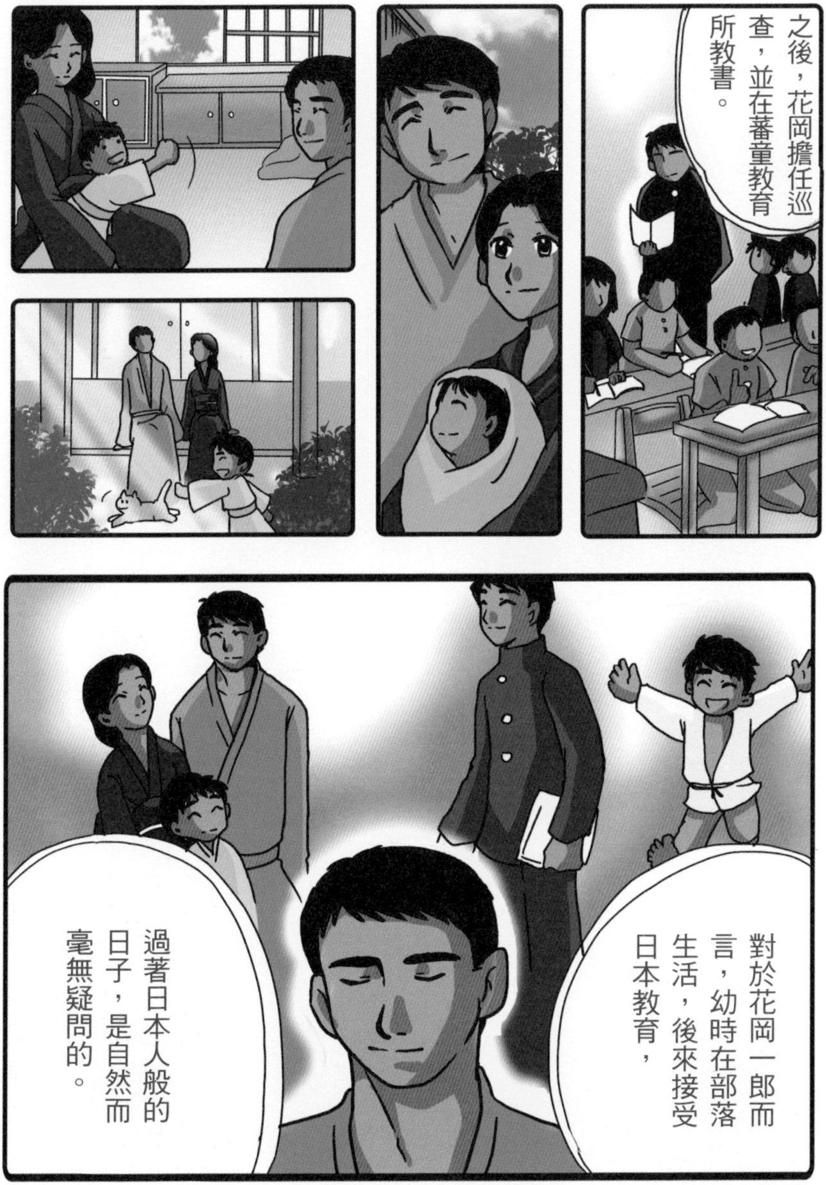
之後，花岡擔任巡查，並在蕃童教育所教書。
對於花岡一郎而言，幼時在部落生活，後來接受日本教育，
過著日本人般的日子，是自然而毫無疑問的。

「其實，這也是日本人為了要更全面掌握原住民社會的一種做法。老師舉個例子，如果今天小米進入只有美國人的學校去念書，那她是不是就得說英語？還有，小米和外國同學朝夕相處，她想的、做的事情是不是跟你們越來越不一樣呢？」老師停了一下。

「同樣的，花岡一郎在這種情況下，行為、生活習慣就會越來越像日本人。最後，日本政府再讓他擔任警察之類的工作去管理原住民，原住民就比較不會反對，而且也能更容易的把日本人的生活方式、想法、習俗讓其他原住民認識。」

接下來，就要進入正題——
《霧社》
「霧社事件」了。

「每件事情的發生都有很多原因，不可能是平白出現的，所以了解事情發生的背後原因很重要。霧社事件的發生，也是因為背後有許多原因慢慢累積，最後終於爆發出來。」

「日本人來臺之後，會強制要求原住民搬離原本居住的家鄉，然後集中在同一個地方，這樣可以方便管理。」

各部落遷移的工作進行得還順利嗎？
事務室
目前很順利！

集中管理就不怕有人做亂了……
加上日文流利的花岡一郎成婚了，
以理蕃政策來說，他可說是成功的例子。
這個地方的文明、
建設與開發，
一切都是我們的功勞啊！

對了，
還有幾個工事尚未完成。
你要盯緊一點。
那些蕃人很會抱怨，
要以嚴厲的手段去執行命令。
是！

「除此之外，日本人還會要原住民去做一些粗重又辛苦的工作，像是搬運很重的木材，就連女生也不例外。但是給的酬勞卻很少，和付出的辛勞根本不成比例。」

「同學可以想像一下，如果一直遇到這種不平等的待遇，而且都沒有改善，不管是誰，都會生氣的吧！」

好累啊！
中午只吃那點東西根本沒力氣……
腳都麻了……
休息一下好了！
喂！
你們兩個！
誰叫你們休息了？
累了為什麼不能休息？

快工作！
再吵就抓起來！
你這傢伙！
喂！
你忘記莫那說的話了嗎？
我們會繼續工作！
哼！
好，
沒有人了。
可惡！

這些人！
真是太過分了！
工作這麼多，累了一整天，
一定很少……
好少……
可是酬勞只給一點點……
規矩一大堆，木材只能扛不能拖！
我們可是冒著生命危險在工作啊！
我知道，誰不生氣呢？

自從日本人訂下一堆規矩之後，
我們有多久沒打獵了呢？
原本無拘無束的生活，
現在處處受到限制……
不可以這樣！
不可以那樣！
動不動就要罰拘役。
我那年邁的父親，也被叫去勞役，
摔下山了！
結果摔傷了。

多麼希望……
能回到從前自由的日子啊……
日本人來了。
噓！
繼續工作吧？
晚上到莫那那兒再說。
唉！
真是太可惡了！

莫那，
他們真的太過分了！
你的長子在婚宴上向日本人敬酒，
來吧！巡查先生也喝一杯吧！
別碰我！
卻被巡查打，這分明是瞧不起我們的族人！

敬酒在我們族裡，代表很高的敬意！
日本人卻不當一回事！
這件事我很清楚。
我也曾親自登門道歉，
但是他們根本不聽我解釋。
他們的蠻橫無理，
我再也受不了了！

「老師，原住民熱情的請日本人喝酒，應該是要表現出友好的一面吧，為什麼日本人要拒絕，而且還要打人啊？」小芳一臉疑惑的提出問題。

「是啊，大家都知道，對原住民來說，敬酒是一種表現尊敬的行為，也像小芳說的，他們想對日本人表達出最大的善意。但是日本人可不這麼想，他們覺得這樣不乾淨、不衛生，所以才會拒絕對方的敬酒。這是兩種完全不同習慣、習俗、文化的人聚在一起生活後，可能會發生的情形。」

生活上、傳統上，
我們都不斷退讓。
不僅失去自由，也失去尊嚴。
再過不久就是運動會了，
他們一定會鬆懈。
趁這個機會，
我要反抗到底！

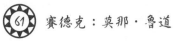

「在這裡，老師念詩作中的幾句給大家聽。」

而我們從來只希望
一切愛情與和善的友誼
冷杉和翠竹形貌不同，勁直則一
人類種族各異，不也都是
崇尚正義愛好自由嗎？

念完後，老師放下書本，有些同學聽懂似的點了點頭。

「如果可以像朋友一樣和樂融融相處，不是很好嗎？但這種事情在當時的時空背景下是不可能發生的，畢竟日本人是以統治者的

身分來臺灣，他們覺得自己高高在上，和原住民之間的關係是不對等的。」

「老師，日本人是不是覺得自己比原住民還要優秀呢？」洋洋好奇的舉手發言。

「是的，正是因為這種優越感一直存在著，加上日本政府施加在原住民身上許許多多不合理、不公平的政策，不滿的情緒就這樣不斷累積。長久積壓的情緒就像快要爆炸的炸彈，族人終於到了無法忍耐的地步了。」

「因此，莫那·魯道聯同其他族人，才會計畫要群起用武力來反抗日本人。」

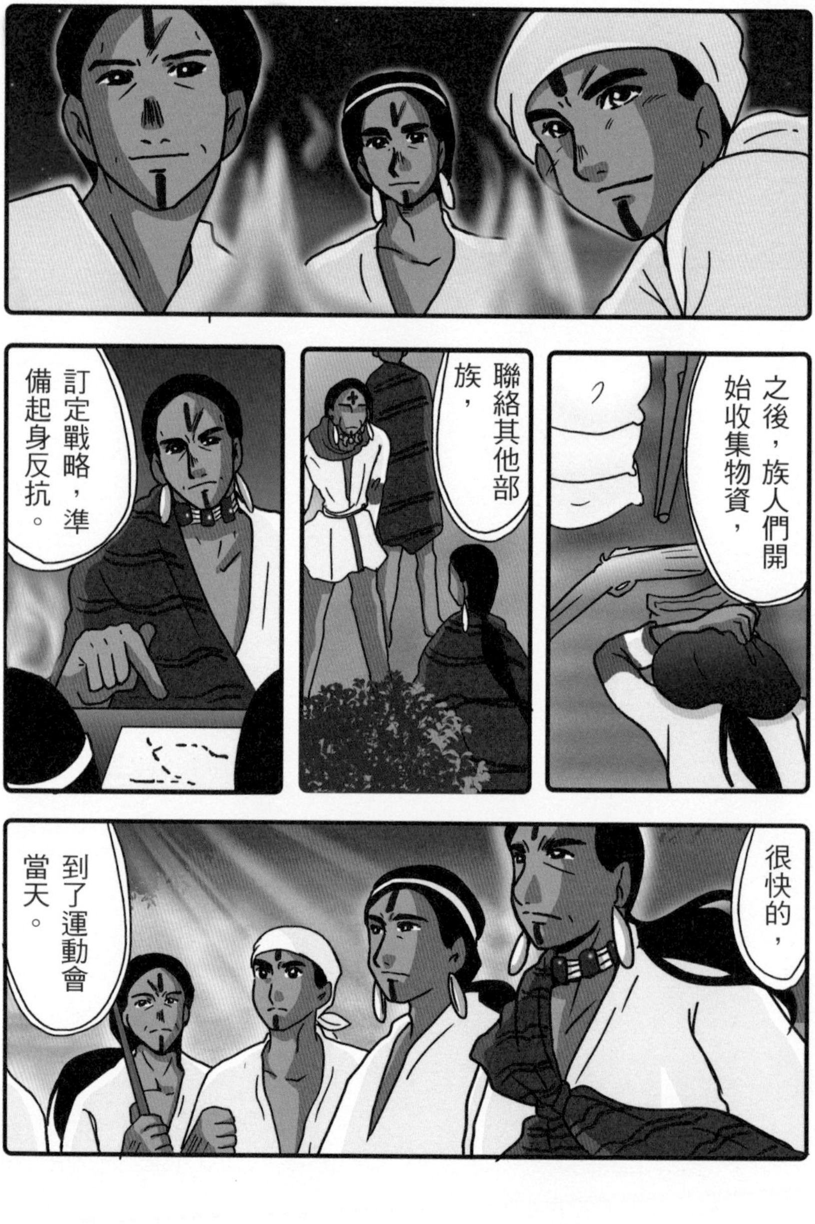
之後，族人們開始收集物資，
聯絡其他部族，
訂定戰略，準備起身反抗。
很快的，
到了運動會當天。

運動會當天，
霧社公學校非常熱鬧。
會場擠滿了人。
當中包括了許多日本人，
以及即將起義的賽德克族人。
運動會都準備好了嗎？
是！都準備好了！
花岡，
待會彈風琴，要好好表現！

是！
我會加油的！
唱國歌！

後面有人？
什麼？
哇啊啊啊啊！

小心！別傷到自己人！
得快逃才行！
這時，有個警察逃走了。
不好了！
霧社出事了！

之後，日本派軍隊到霧社。
報告！
這裡已經沒有人了！
一定是逃到山上去了！
快追！
日本軍隊開拔進入山中。
真難走！

「反抗的過程中，雙方都有很多人傷亡，不過莫那・魯道與族人對於山林間的地形很熟悉，因為那本來就是他們從小狩獵、生活的地方，所以日本人一開始很難攻破他們的防線。」

日本軍對上熟悉山林地形的賽德克族人，損失慘重。
也因此，更多的日本兵源源不絕的進入山中。

「越來越多的軍隊上山，日本人有人數及武器上的優勢，莫那・魯道和其他族人慢慢的處於劣勢，越來越往深山裡敗退了。」

由於霧社久攻不破，日本軍便召開會議。
長官！
他們太熟悉山上環境了！
沒辦法！
只好使出非常手段了！
於是日本軍派出軍機，
轟炸山林。

而他們，日以繼夜包圍這岩窟
我們看到，洞外是警察和軍隊
還有幾架飛機，蜜蜂一樣
轟隆、盤旋，整座山谷都是
砲聲和機槍，塵灰同砂石
我們已抵抗了七夜七日，忽然
一切靜寂，湧進來灰白的煙霧
不能呼吸，充斥著嗆鼻的空氣
有人含淚倒下有人血濺森林有人跳崖
自殺，這灰煙白霧，無法呼吸的空氣

飛機扔下什麼？
炸彈嗎？
是招降單？
走吧！
我們到更深的山林裡去吧！
族人們躲在深山的山洞中……
好多族人犧牲了……
但是日本人還是那麼的多！
難道該投降了嗎？

老師，我有問題。
花岡一郎是賽德克族人，可是他過得都是日本人的生活。
那霧社事件發生時，他站在哪一邊呢？
這是個嚴肅的問題呢！
設身處的想想看，
你們會怎麼做呢？

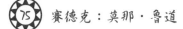

花岡一郎是賽德克族人，
但是他接受的是日本教育與生活。
不好了！
出事了—！
族人和日本人打起來了！
該怎麼辦呢？
我們該何去何從？
……
不管如何，
都不能違背祖先的訓示。

在這次的戰事中，他們沒有加入任何一方。
先躲著吧？
我去山下看過了。
情況真的不太好……
不論站在哪一邊，
花岡一郎的良心都會受到譴責。
……只能這樣了……
嗯……
最後，
他選擇結束他的人生……

總之，
花岡一郎有他堅持的立場。
好了，至於他們有沒有投降呢？

不行！不能投降！
屈服的話，族人們的犧牲就白費了啊！

各位辛苦了！

莫那！
莫那！

「就如同詩作所說的，」
必須走了，死去的弟兄
寂寞的靈魂在哭號，我們
要走了，秋天的樹葉一般
向霧社的大地落，傷痕太深
我們該走了，射日的祖先正伸手
一群落，葉，我們不能不，走了

後來呢？
後來莫那・魯道怎麼樣了呢？
後來啊……
日本人憑藉強大的武力及人數，
逼著莫那・魯道與族人節節敗退。

最後莫那・魯道壯烈成仁了。
……
……
噹！
打鐘了！
今天的課就上到這裡，下次有機會再介紹其他的故事。
起立！
敬禮！
謝謝老師！

附錄：賽德克族知識小百科

一、賽德克族＝泰雅族？

故事中提到賽德克族在二〇〇八年正名，成為臺灣原住民的第十四族。你會不會好奇，為什麼早期賽德克族是被歸類在泰雅族裡面，現在卻獨立成為一支族系呢？

我們先從名稱講起。

現在所說的「泰雅族」，原來是十九世紀一位名叫沃斯(Albrecht Wirth)的德國歷史學家，以「Tayal」（泰雅）統稱一群居住在臺灣北部、東北部山區的原住民而來，這個名稱從日本殖民時期開始就一直被使用到現代。

然而，日本殖民時期，就有學者發現「泰雅族」是有所不同的。就像書中提到的，因為語言的關係，泰雅族又分為泰雅亞族和賽德克亞族。兩個亞族所使用的語言明顯不同，最簡單的例子就是「泰雅」（Tayal）和「賽德克」（Sediq），這兩個不一樣的詞，在各自的族群代表的都是「人」的意思。

語言不同的原因，其中之一是彼此居住的地方相隔遙遠，兩邊的族人必須花好多時間，爬過又高又大的山才能見到彼此。在很少溝通的情況下，久而久之，說的話就漸漸不同了。再者，因為兩族居住地的地形、氣候也有差異，所以連帶的像是食物等生活中大大小小的事情也會有差別。

泰雅亞族和賽德克亞族底下又可以分出好幾個規模比較小的族群。

泰雅亞族
- 賽考克列族群（Sekoleq）（兩個族群可以再往下各自分出三、四個系統，每個系統又都有二到五個小群。）
- 澤敖列族群（Tseole）

賽德克亞族
- 德奇塔雅群（Tgdaya）
- 道澤群（Toda）
- 太魯閣群（Truku）（二〇〇四年獨立成為臺灣原住民中的一族）

看完這些分類，應該可以知道為什麼要以「泰雅」作為這個族的名字了吧？泰雅亞族的分類又細又多，代表這個族的人數眾多，所以研究者在調查時，為了方便，統一使用「泰雅」這個稱呼。不過，對賽德克族人來說，他們可是很清楚自己是屬於哪一個族群的。

二、泰雅族的起源傳說

泰雅族和賽德克族的聚居地主要在北部中央山脈兩側，所以又有「北蕃」的稱號。他們的起源傳說也是發生在這裡。

泰雅族的起源有多種說法，但主要還是屬於巨石傳說：相傳在古老的時代，高山上有一顆巨大的岩石，有一天，巨石突然裂成兩半，並且從中跳出一個男孩和一個女孩。男孩和女孩結為夫妻後，孕育出許多兒女，並且持續繁衍，在山上生活的後代們就是泰雅族。

賽德克族的起源傳說則有些不一樣：在古早以前，從半岩石半樹木裡出現男神與女神，男神與女神的結合，誕生出許多後代子孫。

深山裡，
坐落著一顆大石。
有一天，
一隻靈鳥在空中盤旋，並緩緩降落。
夜以繼日的，
靈鳥在巨石旁啼叫。
吱
嗶~
吱~

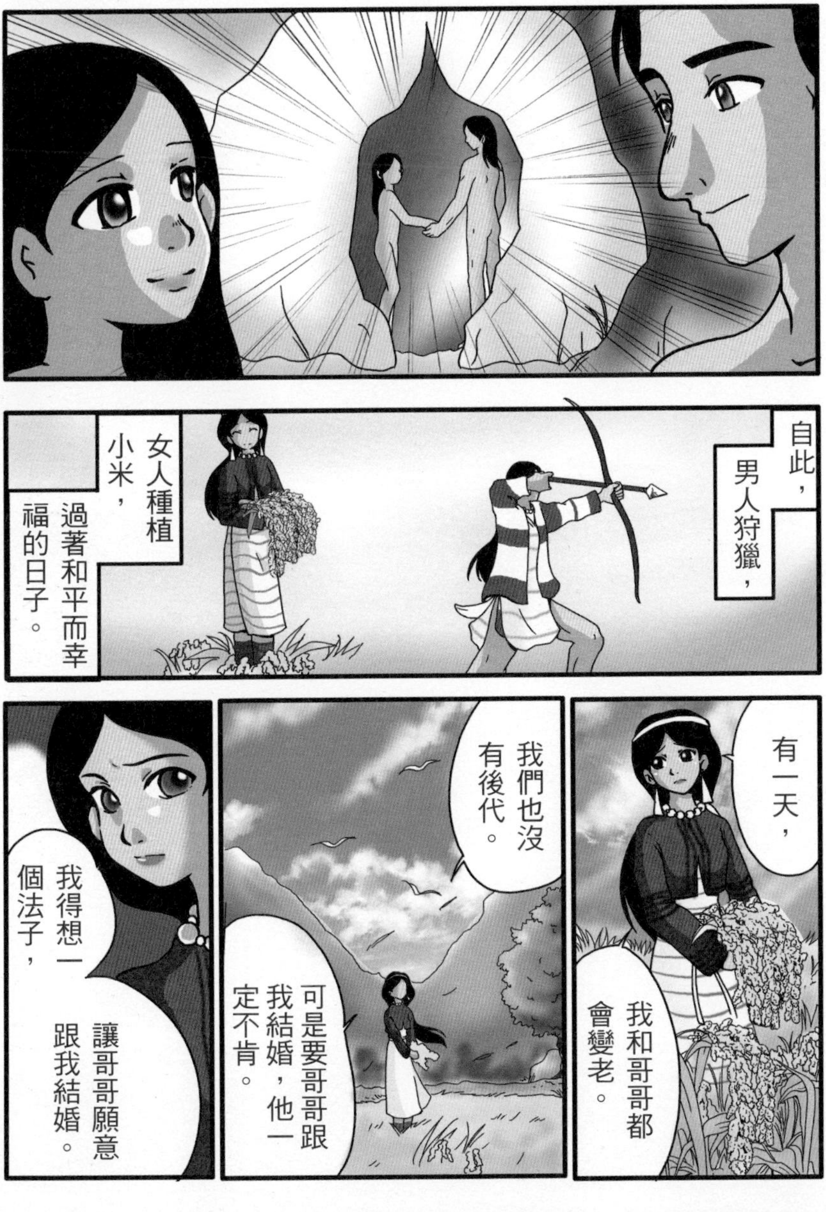
自此，男人狩獵，
女人種植小米，過著和平而幸福的日子。
有一天，
我和哥哥都會變老。
我們也沒有後代。
可是要哥哥跟我結婚，他一定不肯。
我得想一個法子，
讓哥哥願意跟我結婚。

哥哥，
請等一下。
哥哥，今天打獵回來後，家裡會出現一位美麗的女子。
她就是你的妻子。
好啊，
那我就有老婆了！
妹妹！
我回來了！

咦？
妳就是……我的妻子嗎？
是的……
爸爸回來了！

三、飲食習慣

泰雅族和賽德克族的主要作物有稻米、小米、地瓜等；玉米、花生也是作物之一，在山林間摘採的野菜也可以拿來當作每日用餐的食物。

在山林間種植作物的地形主要以山坡地為主。耕作方式為先選定一塊林地，把樹枝、雜草、藤蔓砍除後以火燃燒，灰燼可以當成滋養土地的肥料，接著就可以播種耕種了。

大約三、四年後，如果同一塊地的養分不夠，無法擁有飽滿的收穫，就會讓這塊地休息，另外尋找適合的耕地。尋找新耕地的同時，部落也會跟著遷移。

部落遷移，除了尋找耕地這個因素之外，是否有足夠的飲水水源、地勢具有防衛功能等都會被納入選擇的條件中。

除此之外，打獵也是食物來源之一。打獵所用的器具主要是火槍、弓箭、長矛，也會使用各種陷阱抓捕獵物。負責出外打獵的部落男性，往往是一群人，不會單獨出發，有的時候會帶獵犬同行。比較常見的獵物有山豬、山羌、鹿等。

四、美麗又神祕的紋面

泰雅族和賽德克族都有紋面的習俗，紋面對泰雅族和賽德克族來說，是代表族人們成年的一個重要的象徵。尤其是男性，還必須參與出草行動有功才能獲得紋面的資格；對女性來說，一個漂亮、顏色鮮豔的紋面則會被族人們當成是一位美麗的女人。

然而，不了解原住民紋面文化的日本人，將美麗的花紋視為「黥面」，黥面雖然也是在臉上刺字、塗墨，卻是古代對犯人的刑罰。這樣的稱呼，不僅是對原住民的不尊重，更是顯現自己無知的表現。

五、不可違背的gaga和gaya

同學們平常在學校是不是有很多要注意的事情呢？比如說，聽到鐘聲就要準備進教室上課或者是下課休息，或是放學回家要遵守交通規則等，這些不用老師、父母親每天特別提醒我們的規範，已經深植在我們的日常生活。

泰雅族和賽德克族也有自己生活中的一套遵循規則，這套規則泰雅族人叫做「gaga」，賽德克族人叫做「gaya」。「gaga」或「gaya」包涵的東西很廣泛，「道德」、「禁忌」、「儀式」、「律法」、「禮俗」等等都是。

簡單的說，「gaga」或「gaya」就是一種「文化」，在這個文化圈中生活的族人們都得遵守這套法則、習慣。所以，舉凡耕作、狩獵、祭祀，甚至是部落裡的治安都和「gaga」或「gaya」有著非常密切的關聯。

泰雅族和賽德克族的信仰是「祖靈崇拜」，只要生活中的一切都有遵從「gaga」或「gaya」，祖先的靈魂便會保佑他們。

參考資料

1. 中川浩一、和歌森民男合編。《霧社事件》。臺北：武陵出版有限公司，1997。
2. 尤哈尼．伊斯卡卡夫特、布興．大立等著。《霧社事件 臺灣人的集體記憶》。Yabu Syat、許世楷、施正鋒主編。臺北：前衛出版社，2001。
3. 臺灣總督府陸軍幕僚編著。《臺灣總督府陸軍幕僚歷史草案 明治二十八年至明治三十八年(西元1895～1905)》。臺北：捷幼出版社，1991。
4. 李季順主編。《還我族名——「太魯閣族」》。花蓮：花蓮縣秀林鄉公所，2003。
5. 阿威赫拔哈口述。《阿威赫拔哈的霧社事件證言》。許介鱗編著、林道生翻譯。臺北：臺原出版社，2000。
6. 林修澈(計畫主持人)。《賽德克族正名》。行政院原住民委員會委託研究。臺北：行政院原住民委員會，2007。
7. 許佩賢。《殖民地臺灣的近代學校》。臺北：曹永和文教基金會、遠流出版公司合作出版，2005。
8. 春山明哲、吳密察等著。《霧社事件八十周年國際學術研討會》。行政院原住民委員會、國立成功大學人文社會科學中心等合辦。2010.10.25～26。
9. 春山明哲、陸軍大臣官房等著。《霧社事件日文史料翻譯》二冊。川路祥代、李姵蓉等譯。臺南：國立臺灣歷史博物館，2010。
10. 森丑之助著。《日據時期本省山地同胞生活狀況圖集》。黃耀東編譯。臺中：臺灣省文獻委員會，1983。
11. 鄧相揚。《霧社事件》。臺北：玉山出版事業股份有限公司，2004。
12. 鄧相揚。《風中緋櫻——霧社事件眞相及花岡初子的故事》。臺北：玉山出版事業股份有限公司，2004。

13. 廖守臣。《泰雅族的社會組織》。花蓮：私立慈濟醫學暨人文社會學院，1998年8月。
14. 廖守臣。《泰雅族的文化——部落遷徙與拓展》。臺北：世新觀光宣導科，1984。
15. 臺灣總督府臨時臺灣舊慣調查會。《番族慣習調查報告書 第一卷 泰雅族》。中央研究院民族學研究所編譯。臺北：中央研究院民族學研究所，1996。
16. 戴國煇編著。《臺灣霧社蜂起事件——研究與資料(上)》。魏廷朝譯。臺北：遠流出版事業股份有限公司、南天書局有限公司，2002。
17. 戴國煇編著。《臺灣霧社蜂起事件——研究與資料(下)》。魏廷朝譯。臺北：遠流出版事業股份有限公司、南天書局有限公司，2002。
18. 鐵米納葳依(曾瑞琳)編著。《泰雅賽德克族人食物及其典故(一)》。臺北：唐山出版社，1997年12月。
19. Kumu Tapas(姑目·荅芭絲)。《部落記憶——霧社事件的口述歷史(= 1／* ROMAN I)》。臺北：翰蘆圖書出版有限公司，2004。
20. Kumu Tapas(姑目·荅芭絲)。《部落記憶——霧社事件的口述歷史(= 2／* ROMAN II)》。臺北：翰蘆圖書出版有限公司，2004。
21. 余光弘。〈泰雅族東賽德克羣的部落組織〉。《中央研究院民族學研究所集刊》50(1980秋季)。
22. 李亦園。〈祖靈的庇蔭——南澳泰雅人超自然信仰研究——〉。《中央研究院民族學研究所集刊》14(962年秋祭)。
23. 林衡立。〈臺灣土著民族射日神話之分析——兼論中國射日神話羿所射爲月説——〉。《中央研究院 民族學研究所集刊》13(1962年春祭)。
24. 潘英。〈臺灣原住民族的族群分類〉。《臺灣文獻》46·4(1995年12月)。
25. 廖守臣。〈泰雅族東賽德克羣的部落遷徙與分佈(上)〉。《中央研究院民族學研究所集刊》44。
26. Albrecht Wirth。〈臺灣之歷史〉。《臺灣研究叢刊第五四種 臺灣經濟史六集》。臺北：臺灣銀行，1957。

故事作者後記

蔡明原

看完了這本書，有沒有覺得自己收穫很多呢？莫那．魯道、賽德克族人和當時統治臺灣的日本人之間的戰事，是一段非常重要的歷史。雖然距離今天已經過了好久的時間，但是我們可以透過了解、認識這個事件發生的原因，從中學習到許多相當寶貴的經驗。例如：人與人之間的相處要彼此尊重，要懂得在乎周遭的人的感受，就像大家在學校和同學們相處一樣，不能因為自己比較強壯高大或者人多勢眾就去欺負、逼迫別人做他們不想做、不喜歡做的事情，這都是不對的。我們看到在這個事件中了，很多的原住民犧牲了，也有不少的日本人傷亡，這一定都讓他們的親人、朋友非常的傷心，所以我們要努力不再重蹈覆轍，不要再讓這種悲傷的事情發生。

這部漫畫一開始是在《國語日報》連載的，還沒撰寫腳本之前就知道跟霧社事件有關的書籍非常多。有鄧相揚老師三本在玉山社出版的專書、邱若龍老師的《霧社事件》調查報告漫畫，還有其他許多跟事件、族群相關的口述史、研究論文、書籍等。資料很豐富，但要如何呈現，以及要能適合小朋友閱讀就成了需要好好思考的問題了。我想起以前大學時代上白靈老師現代詩課程的經驗，因為認識霧社事件的開始，是在這門課讀了向陽老師的〈霧社〉這首詩作。因此透過結合文學和歷史的方式來敘述這段史實，並且把課堂上課的情景搬到漫畫裡面，對小朋友來說在閱讀上應該會更有親切感。

感謝提出這個企劃的《國語日報》主編黃正勇，以及過程中許多細節的要求與修改都不嫌麻煩，一一配合的繪者姵池。謝謝給予這部漫畫出版機會的聯經出版公司，與辛苦編輯此書的倍菁。向陽、白靈與蔡明諺老師這段時間的鼓勵，我也謹記在心。

希望這部漫畫大家會喜歡。

繪者後記

金姵池

非常感謝各位讀完這本書！

對於能有機會寫繪者後記，我自己也感到非常不可思議。相信大家也看得出來，我的畫技並不是非常優秀。再製的過程中，我一直覺得資料不足，尤其是在時間有限的情況下，這種感覺更是明顯。即使似乎完成了，但我還是有許多不清楚的地方，還是覺得「還不夠」。如果有什麼令人不滿意、覺得不夠正確的地方，請多見諒。如果還有機會，我會努力做到更好。

這是繪者後記，由我來說以下這些話，或許很奇怪。不過這也算是我一邊查資料、一邊畫圖時的想法吧？我覺得無論是誰，都無法替歷史下定論。歷史沒有善惡、沒有對錯，就只是不同的人在不同的立場做了決定，然後被記錄下來。雖然只是紀錄，但是歷史卻是活生生的、具有人性的、充滿了掙扎的。

我相信每個人都對歷史有自己的看法與見解。

關於莫那·魯道這個人，許多學者也給了他許多的評價。有人覺得他是勇士、有人認為他是戰略家、也有人判斷莫那·魯道是逼不得已才打這場仗。如果問我，我會覺得，莫那·魯道是為了自由而戰。在發生霧社事件之前，莫那·魯道也曾經計畫過叛變，但是都因為消息走漏而失敗了。之後他一直在忍耐。忍耐的時候，他深沉的眼睛所看的，我認為，是那片自由的藍天。

最後，再一次感謝各位讀完這本書。謝謝！

好好讀

賽德克：莫那・魯道

2011年9月初版　　定價：新臺幣220元

著者　蔡明原
繪圖　金姵池
發行人　林載爵

出版者　聯經出版事業股份有限公司
地址　台北市基隆路一段180號4樓
編輯部地址　台北市基隆路一段180號4樓
叢書主編電話　(02)87876242轉213
台北忠孝門市：台北市忠孝東路四段561號1樓
電話：(02)27683708
台北新生門市：台北市新生南路三段94號
電話：(02)23620308
台中分公司：台中市健行路321號
暨門市電話：(04)22371234ext.5
高雄辦事處：高雄市成功一路363號2樓
電話：(07)2211234ext.5
郵政劃撥帳戶第0100559-3號
郵撥電話：27683708
印刷者　文聯彩色製版印刷有限公司
總經銷　聯合發行股份有限公司
發行所：台北縣新店市寶橋路235巷6弄6號2樓
電話：(02)29178022

叢書主編　黃惠鈴
編輯　張倍菁
校對　趙蓓芬
整體設計　freelancerstudio

行政院新聞局出版事業登記證局版臺業字第0130號

本書如有缺頁，破損，倒裝請寄回聯經忠孝門市更換。　ISBN 978-957-08-3875-6 (平裝)
聯經網址：www.linkingbooks.com.tw
電子信箱：linking@udngroup.com

國家圖書館出版品預行編目資料

賽德克：莫那·魯道/蔡明原著．
金姵池繪圖．初版．臺北市．聯經．2011年
9月（民100年）．112面．14.8×21公分
（好好讀）

ISBN 978-957-08-3875-6（平裝）

859.6 100016375

賽德克：莫那・魯道